LA VIOLETTE

ET LES

ŒILLETS ROUGES,

HOMMAGE POÉTIQUE ET LYRIQUE,

DÉDIÉ

A THÉMISTOCLE NAPOLÉON-LE-GRAND,

Empereur des Français, Roi d'Italie, Protecteur de la Confédération du Rhin, Médiateur des Cantons Suisses, Sauveur de la France.

Petite *Macédoine*, par une *bande* de Fédérés, arrangée par leur Secrétaire responsable.

> La conception que vous avez eüe en portant dans votre sein le Grand Napoléon, a été une inspiration divine.

Ces paroles sont tirées d'un discours de M. le Sénateur (Fabre de l'Aude); c'est en désignant Maria Lætitia, (*la mère la joie*), que notre frère s'exprimait ainsi.

PREMIER BOUQUET.

A PARIS,

Chez { Delaunai, Libraire, galerie de bois du Palais-Royal, n° 243 ; tous les Marchands de nouveautés et de vieilleries.

Août 1815.

AVIS.

Nous invitons Messieurs les Journalistes qui voudraient bien annoncer ce Recueil, à faire parvenir à notre Imprimeur, et franc de port, rue de la Colombe, n° 4, celles de leurs feuilles qui contiendraient quelques griefs contre nous, des reproches ou autres gentillesses de quelque nature qu'elles soient. Nous promettons de réparer les omissions indiquées, de redresser nos moindres torts, et de donner toutes réparations écrites, verbales, etc., aux personnes que, sans le savoir, nous aurions insultées. Sans cette complaisance de leur part, que de bonnes choses nous échapperaient, n'étant abonnés qu'à un seul Journal!

Nous invitons aussi les amateurs à mettre à la même adresse les fleurs qu'ils croiraient pouvoir répandre une bonne odeur dans le second Bouquet que nous composerons sous quinzaine.

Pour la *bande* des Fédérés,

Le Secrétaire responsable,
JUDAS LE FRANC.

AU GRAND NAPOLÉON.

~~~~~~~~~~~~~~~~~

SIRE,

Permettez-moi de vous offrir sous le simple titre de la *Violette* et les *Œillets rouges*, un petit recueil de vers et autres bagatelles semblables, composés en votre honneur et gloire.

Symbole heureux de la modestie et de la valeur, c'est à vous, Sire, que cet hommage appartient.

Le ton de vérité qui règne dans toutes ces pièces, frappera l'attention de votre personne sacrée. Votre Majesté Impériale et Royale verra avec surprise sans doute, qu'aucune ne ressemble à celles que firent pour vous et votre auguste famille, tant d'illustres auteurs, flambeaux de l'Europe littéraire, ornements des Académies et des Athénées de France ; que l'encens qu'on brûle aujourd'hui devant vos images, est moins grossier que celui que tenaient sans cesse allumé dans vos temples les d'Angély, les Fontanes, les Bérenger, les Defermont, les Durbach, les Méhée, les Carnot, les Ségur, les Étienne, les Tissot, les Thuriot, les d'Avrigni, les Merlin d'insuspecte mémoire, etc., et tous ces chansonniers aux gages de votre ministre de la police Savari, digne Mécène d'un Auguste comme vous, Sire.

Oh ! que vous avez payé chèrement ces éloges, toujours exagérés, souvent menteurs ! Votre Majesté, désabusée sur le compte de tous ces poètes, versificateurs et prosateurs caméléons, en lisant ce recueil, s'écriera : Voilà des vers d'inspiration ! L'esprit ne s'y montre que pour la rime ; le cœur a tout fait ; la vérité a tout écrit. Votre Majesté, Sire, apprendra peut-être, pour la première fois, qu'il est encore en France des sujets fidèles, des hommes qui vous rendent justice, qui savent, sans bassesse comme sans orgueil, peindre un grand homme, et ne point être fiers de l'avoir fait dignement. De ce nombre ose se dire celui qui est et sera toujours, jusqu'à son dernier soupir, à l'exemple des douze maires de votre bonne ville de Paris, avec une nouvelle protestation de son respect, de son admiration, de son amour et de sa fidélité,

De votre Majesté, le bon sujet,

JUDAS LE FRANC,

Secrétaire et Censeur responsable du cabinet secret des Fédérés Parisiens.

LA VIOLETTE

ET LES

ŒILLETS ROUGES.

~~~~~~~~~

SIRE,

JE crois ne pouvoir mieux commencer ce recueil qu'en mettant sous vos yeux les portraits fidèles des personnages militaires et civils qui ont illustré votre règne par leur courage, leurs lumières, leur sagesse, leur philosophie, et surtout par leur désintéressement.

AIR : *Ça ne finira pas.*

Amis, je crois que le monde
Allait mieux au temps passé ;
Sur cette machine ronde
Tout me semble renversé.
J'en sais la cause secrète,
Que je vous dis sans détours :
Dieu, dans un jour de goguette,
A mis le monde à rebours.

Jean menait les oisons paître.
Monsieur Jean est général,
Le valet se change en maître,
C'est vraiment un carnaval.
La pourpre cache la bure,
Dont un bout passe toujours ;
Les cochers vont en voiture,
C'est bien le monde à rebours.

Ah ! la plaisante navette !
Voyez-vous ce scélérat,
Faire un saut de la sellette
Au siége du magistrat ?
Des gens, voués aux galères,
De Thémis règlent le cours.
Voleurs jugeant leurs confrères,
C'est la justice à rebours.

D'où diable vient cette clique ;
Cordonniers, barbiers, mitrons ?
Ils ont tous fermé boutique,
Ils sont ducs, comtes, barons.
Mais de cette ignoble espèce
La crasse paraît toujours.
Ma foi, si c'est la noblesse,
C'est la noblesse à rebours.

Jadis on ornait le trône
De l'olivier bienfaisant ;
A la moderne couronne
Il faut un laurier sanglant.

Je vois un torrent qui roule,
Ravageant tout dans son cours :
La torche luit, le sang coule ;
Ah ! c'est la gloire à rebours.

Des goûts de Naple et de Rome,
Un prince amant crapuleux,
A fait une autre Sodome
De son palais scandaleux :
Ce satyre, dans l'ivresse
De ses infâmes amours,
Prend un hussard pour maîtresse,
C'est le plaisir à rebours.

Vous qui, jadis de la fange,
Avez fait un si beau saut,
Doit-il vous sembler étrange
De monter encor plus haut ?
D'une carrière si belle
Achevez le noble cours :
On vous prépare l'échelle
Qu'on ne monte qu'à rebours.

Ces couplets, SIRE, sont d'un de vos plus ardents admirateurs, Alphonse MARTAINVILLE. Son zèle pour le service de votre Majesté s'est refroidi, dit-on, mais sans preuve ; une fois, *errare humanum est*, ce qui veut dire : *les hommes sont sujets à l'erreur.* Je prends la liberté de traduire ces mots latins ; car tout le monde assure que votre Majesté n'a jamais fait son cours d'*humanité.* Mais si Alphonse Martainville a péché une fois, il a bien racheté sa peccadille par des actes de fermeté et de dévouement absolu. C'est à lui que l'on doit la chanson faite sur votre alliance avec la fille des Césars ; celle sur les avantages innappréciables de la conscription, mesure salutaire qui n'enlève que le luxe de la population, comme a dit philosophiquement le saint homme chancelier de la légion d'honneur. Enfin, c'est Alphonse Martainville, qui a fait, le 17 mars 1815, une proclamation à ses camarades les volontaires royaux, datée du château de Vincennes; proclamation dans laquelle on trouve cette prosopopée digne de Démosthènes, apostrophant le bon Philippe.

» Vincennes fume encore du sang d'un héros; l'ombre du duc d'Enghien, du fils du grand Condé, erre sous ces voûtes ; il voit, il partage vos transports ; qu'il redouble, s'il est possible, votre haine contre son assassin. Ombre magnanime, reçois nos serments dans ce même château témoin de ta fin courageuse! Ton sang sera expié. C'est à Vincennes que le crime a été commis : c'est de Vincennes que partira la vengeance.

Guerre et mort au Corse parricide.
Vive le Roi! vive la liberté!

C'est encore lui qui, le 22 juin dernier, oubliant l'article 67 de l'acte additionnel et les peines prononcées contre ceux qui provoqueraient le retour des Bourbons, a publié et distribué un écrit vigoureux, qui a fait faire la grimace à plusieurs augustes représentants et relevé le courage des partisans des Bourbons.

Un homme de ce caractère mériterait que votre Majesté lui témoignât sa gratitude. Je vous supplie, au nom de tous vos vrais serviteurs, de lui accorder le privilége d'un Journal, sous le titre du *Véridique*, mais sans y adjoindre un censeur responsable. J'aurai l'honneur de vous adresser une nouvelle production de notre frère et ami, intitulée *la Revue des Fédérés*. Vous verrez quelle opinion il a de nos talents à *voler* partout où l'intérêt de votre empire nous appèlera.

JUDAS LE FRANC.

A NAPOLÉON.

Les vers suivants, SIRE, sont extraits littéralement d'une édition des Prophéties de Nostradamus, imprimée à Nuremberg, en 1613, chez les frères Kropts, au premier livre des

Centuries. Vous devez cette découverte à votre jeune antiquaire Millin, dont le zèle, comme tout le monde le sait, et comme il prend lui-même la peine de l'imprimer, ne s'est jamais démenti.

Un Empereur naîtra près d'Italie,
Qui à l'Empire sera vendu bien cher.
Diront avec quels gens il se rallie,
Qu'il est moins prince que boucher.

Signé ELEUTHEROPHILE.

SIRE,

On appèle *délateurs*, les hommes qui s'avilirent, sous les Empereurs, jusqu'à devenir les accusateurs ou déclarés ou secrets de leurs concitoyens. Les tyrans avertis par leur conscience, qu'il ne pouvait y avoir de sûreté pour eux au milieu des peuples qu'ils opprimaient, crurent que le seul moyen qu'ils avaient de connaître les périls dont ils étaient environnés, et de s'en garantir, était de s'attacher, par l'intérêt et l'ambition, des âmes viles, qui se répandissent dans les familles, en surprissent les secrets et les déférassent; c'est ce qui fut exécuté. Les bons princes n'ont point eu de *délateurs*, et dans tout gouvernement ils ne peuvent être en règne que

lorsque la tyrannie y domine. Aussi vos con-
temporains et la postérité rendront justice à
Votre Majesté.

Les fonds mis à la disposition de votre ministère, pour la partie de la *délation*, n'ont
jamais monté par an à plus de 2,671,356
francs.

Tout odieux que soit le rôle du délateur,
il faut pourtant que j'informe Votre Majesté,
qu'un homme que vous avez comblé de faveurs
et de pensions, que votre historiographe *Lacretelle* a caché, le 31 mai 1814, le ruban
de l'ordre dont vous l'aviez décoré. Ce trait
a été consigné par un fin *merle* dans le quatrain suivant :

> La Cretelle arrache bien vite
> Le ruban qu'on l'a vu *quéter*.
> Il a raison ; c'est la croix de mérite ;
> Il n'est pas fait pour la porter.

Certes, dans ce quatrain, on reconnaît bien
l'insigne méchanceté de tous ces petits rimailleurs. *Le ruban qu'on l'a vu quéter* :
quelle calomnie ! Quoi ! l'homme dont la
plume a tracé de vous un portrait qui vous a
mis au-dessus de François Ier, comme restau-
rateur des lettres ; au-dessus de Charlemagne,

comme grand politique ; au-dessus de Louis XIV, comme guerrier ! Quoi ! un fidèle historien qui a su avec le style de Tacite, ou de je ne sais qui, rabaisser toutes les actions d'éclat de cette race Mérovingienne, Carlovingienne, Capétienne, pour donner plus de lustre à la vôtre ! Quoi ! l'homme qui a prouvé que vous étiez au-dessus de tous les Titus passés, présents et futurs ! Quoi ! Lacretelle a *quété* l'ordre de la Réunion ! Non...., il l'a conquis par son courage à parler de vous comme il l'a fait. Justice a été faite de ce mauvais quatrain et d'une manière éclatante. M. Lacretelle a réuni le ruban de la légion d'honneur à celui de la Réunion. Il n'a pas plus *quété* l'un que l'autre. Il les a mérités par son dévouement. Voyez son Discours au frère du dernier des tyrans. Comme il vous l'arrange ! il en dit bien plus de mal que de vous, car il ose le louer en face.

C'est par modestie et non par un sentiment de lâcheté que M. Lacretelle de l'Institut, a *caché* et non pas *arraché* son ruban. S'il l'a fait par raison, et comme indigne de le porter, puisse son exemple être suivi par ceux qui portent des cordons de la légion d'honneur et de la croix de Saint-Louis !

C'est une belle , noble et religieuse institution que l'ordre militaire de Saint-Louis ,
créé par Louis XIV , en 1693, pour récompenser ceux qui ont servi dans les troupes
de terre ou sur mer. Le Roi voulait que la
vertu , le mérite , et les services rendus avec
distinction dans les armées , fussent les seuls
titres pour être décoré de la croix de Saint-
Louis. La légende le porte expressément :
Virtutis bellicæ præmium.

Qu'il est beau ! qu'il est sacré ! le serment
que prête le chevalier : « Je jure et promets
» de vivre et de mourir dans la religion
» catholique, apostolique et romaine ; d'être
» fidèle au Roi, et de ne me départir jamais
» de l'obéissance qui lui est due, et à ceux
» qui commandent sous ses ordres ; de ne
» quitter jamais le service de Sa Majesté, ni
» d'aller à celui d'aucun prince étranger, sans
» la permission de Sa Majesté ».

Hélas ! sous les dernières années du règne
de Louis XV, la croix de Saint-Louis , cette
marque honorable du militaire , fut prodiguée,
prostituée, avilie. Le ruban éclatant de cet
ordre se voyait également sur l'uniforme des
braves à Fontenoy , et à la boutonnière de
l'habit d'un inspecteur de police. Depuis cette

époque, avant-coureur des maux, des crimes qui sont venus fondre sur notre malheureuse patrie, la croix de Saint-Louis a cessé d'être en honneur. Le militaire n'a plus osé s'en parer, tant elle était devenue le patrimoine de la bassesse, de la délation, de la félonie.

Sous le saint Roi, martyr, on chercha, mais envain, les moyens de lui rendre son antique éclat. Comme la révolution renversa tout, brouilla tous les calculs, bouleversa toutes les idées, sapa les plus saintes institutions; l'ordre du mérite militaire fut jeté aux lâches factieux.

La croix de Saint-Louis est aujourd'hui étalée sur l'uniforme de bien des hommes tarés dans l'opinion des honnêtes-gens. Quelle considération, quel prix peut attacher à cette décoration un militaire fidèle à l'honneur, à ses drapeaux comme à ses serments, quand il la voit au pied du trône portée par des hommes qui ont violé leurs serments, en servant contre leur légitime souverain, en s'armant contre le meilleur comme le plus généreux des hommes, dont leur lâche désertion a exposé le repos, la sûreté, la vie !

Il est temps que l'or de toutes ces croix

passe au creuset de la justice nationale ; il faut que le Roi nomme une commission d'enquête pour viser les titres de tous les chevaliers du moment ; il faut (l'honneur des braves l'ordonne), il faut créer un conseil d'épuration pour les membres de la légion d'honneur ; il faut que le Roi, que la patrie connaisse et récompense ses fidèles, ses braves, ses amis ; il faut que la croix disparaisse des habits de ceux qui ne l'ont achetée qu'avec des bassesses ou de l'or ; il faut rendre à leurs première institution ces ordres militaires : *Virtutis bellicæ premium.*

CHRISTICOLE.

CONFESSION DE BUONAPARTE A ROCHEFORT.

Avant de s'embarquer, le fameux Nicolas
Voulut se confesser au père Stanislas,
Qui, toujours empressé pour son saint ministère,
L'accueille avec bonté, le mène au sanctuaire,
Lui demande aussitôt son état et son nom.
— « Mon nom est Nicolas, élève de Néron.
» De mon autorité je me fis Rois de France :
» Je viens me confesser et faire pénitence. »
— Le ciel en soit béni ! répond le Révérend :
Allons, recueillez-vous, mon très-cher pénitent,

2

Afin de tout me dire et d'obtenir la grâce
Qu'il tarde à vos désirs que le Seigneur vous fasse :
Il aime à pardonner, il chérit ses enfants ;
Parlez, mon fils, parlez, avouez vos penchants.

    Mais voyant qu'il gardait un farouche silence,
Voulez-vous, lui dit-il, Sire, que je commence ?
Pour vous mettre à votre aise et pour vous obliger,
Il est de mon devoir de vous interroger.

    Voyons premièrement : connaissez-vous l'envie,
La vengeance, l'orgueil, l'affreuse perfidie ?
Vous reprocheriez-vous de tyranniques lois !
Étiez-vous le fléau des peuples et des Rois ?
Placiez-vous la justice et vos droits dans la force ?
Vous accuseriez-vous d'inceste et divorce ?

    Ah ! mon fils, s'il est vrai, craignez de le cacher ;
Ou du trône de Dieu redoutez d'approcher.

    Auriez-vous immolé quelque prince de France,
Par une trahison qui crie encor vengeance ?
Seriez-vous un vainqueur que le crime ternit ?

    — » Oui, sans doute ; je suis un souverain maudit. »
—Auriez-vous insulté le Chef de notre église ?
C'est un crime bien grand, mon fils, quoi qu'on en dise.

    — » Il est trop vrai, mon père : asservie au démon,
« Ma haine l'a traîné de prison en prison.
» J'ai fait bien plus encore et voudrais vous le taire. »
  — Avez-vous allumé la discorde et la guerre ?
  — » Hélas ! oui. » —Faisiez-vous cette guerre à plaisir ?
  — » J'ai préparez le deuil aux siècles à venir ;
» Écoutez mes forfaits : j'ai détrôné des Princes,
» Ruiné leurs états, ravagé leurs provinces.
» Partout j'ai renversé le commerce et les arts ;
» J'ai porté la terreur, le fer de toutes parts ;

» Comme la guerre seule avait pour moi des charmes,

» J'astreignis des enfants au dur métier des armes ;

» Sans pitié pour les pleurs de leurs tendres parents,

» J'en disposais au gré de mes ressentiments.

» Les refus d'ALEXANDRE excitant ma furie,

» J'ai conduit mes soldats aux champs de la Russie,

» Enfin, dans la Belgique, où comblant tous les maux,

» J'ai fait exterminer des milliers de héros.

» Moi, j'ai su me sauver; mais en rentrant en France,

» Je n'entendis partout que des cris de vengeance. »

— Vous êtes bien coupable, ô mon cher pénitent !

Je crains que le Seigneur ne puisse être indulgent.

Mais, dites-moi, quel but vous portait à la guerre !

Qui vous avait chargé de dépeupler la terre ?

Dieu, pour nous châtier, a-t-il besoin d'autrui ?

Quel remords vous devez éprouver aujourd'hui !

— « Pas un seul... Je ne sais quelle rage me pousse ;

» Je trouve à saccager une volupté douce.

» J'étais venu vers vous, par un prompt repentir,

» Croyant être meilleur... du moins le devenir ;

» Mais je sens tout-à-coup la nature plus forte,

» Qui reprend tous ses droits et malgré moi l'emporte ;

» Et puisqu'il faut enfin ne plus vous rien cacher ;

» Voir tout le genre humain périr sur un bûcher ;

» Serait mon grand désir, . . et que le ciel... la terre...

— N'achève pas, Satan, dit le révérend père,

Va joindre les Démons moins féroces que toi !

Moi, t'absoudre !... Ah ! jamais ! tu me glaces d'effroi !

Sous la voûte des cieux il n'est pas ton semblable ;

Fuis cette terre sainte, ô tigre épouvantable,

Et n'empoisonne plus de ton souffle infecté

Ce monde malheureux !... tu l'as trop habité.

Tu ne fus qu'un tyran, qu'un assasin barbare ;
Monstre ! va t'engloutir au fond du noir Tartare !
A ces mots, l'enfer s'ouvre, absorbe le tyran
Qui corrompt les démons et détrône Satan.

A L'EMPEREUR.

Vengeance, Sire! vengeance! Vous êtes insulté dans la personne de votre ministre de la guerre. Un capitaine d'un régiment de dragons vient de publier l'acrostiche suivant : punissez ce misérable ; il le mérite, car il ne vous a jamais aimé, et il s'en vante tout haut.

Sachant à tous les vents tourner avec souplesse,
On le vit autrefois jacobin forcené
User de son pouvoir pour vexer la noblesse ;
La noblesse revient, monseigneur a changé,
Belle métamorphose est un trait de sagesse.

Vengeance! on accuse votre ministre d'abandonner votre cause pour suivre celle de ces misérables, qui depuis vingt-cinq ans souffrent tout, peines, privations du nécessaire, tout, excepté le déshonneur, pour suivre et servir le frère de Louis XVI ; être fidèles à leurs serments et à l'honneur. Non. Votre ministre

n'est pas capable d'une bassesse semblable ;
il se range de leur bord, mais c'est pour les
tromper, les abuser, les trahir, eux et celui
qu'ils appèlent le fils d'Henri, de ce roi de
la canaille, comme dit si bien votre Majesté !
Non, Soult n'est pas un royaliste, c'est un
digne frère fédéré : non, il n'est point royaliste, il connaît trop les qualités qui distin-
guent les hommes d'honneur, pour croire qu'il
pourrait jamais se ranger sous les drapeaux
blancs. Il les trahira, gardez-vous d'en douter ;
et pour un ou deux de ces messieurs qui se
trouvent dans les rangs de vos invincibles
armées, il vous fera prendre des dispositions
telles à la première bataille, que vous ferez
égorger l'élite de vos braves. Tous nos frères
répondent de lui cœur pour cœur. Non,
M. Soult n'est point un royaliste, il est et sera
toujours l'exécration de ces messieurs.

Signé LA RAMÉE.

SIRE,

Plein de confiance dans la justice de votre
Majesté, j'ai l'honneur de lui présenter, pour
être imprimeurs de Votre Majesté impériale

et royale, les sieurs Charles et Alexis Eymery.

Leurs titres à cette faveur insigne sont légitimes. Le premier a souffert le martyre pour votre foi ; il a été incarcéré pour avoir passé les jours et les nuits à imprimer, colporter l'œuvre ineffable de *Caton* Carnot. Le second vient de porter un coup de massue sur la tête de l'armée de girouettes à votre service, en imprimant le dictionnaire des Girouettes, composé, *dit-on*, par le sous-préfet de Montluçon (le sieur René-Perrin), qui, au commencement de notre bienheureuse révolution, avait eu le brevet de chansonnier des fêtes républicaines, et signait en cette qualité ses innocents couplets ; et, *dit-on* encore, par un autre chansonnier non moins ardent, le sieur Casimir le Menestrier, dont les refrains, *dit-on*, se répétaient en chœur au moment où un de nos amis les fédérés obombrait, au café Montansier, la sérénité du front de Votre Majesté par un élégant bonnet rouge, symbole de la liberté que vous avez donnée et assurée à notre heureuse France ; enfin composé, *dit-on*, par des je ne sais qui. Peu doit importer à Votre Majesté de connaître un tas de gens qui ont fait un pauvre livre dont le titre est faux ; car on appèle ordinairement girouette un homme qui chante alternativement *vive le roi ! vive la ligue !* Et si l'on en excepte quatre hommes de lettres (1), toutes les personnes qui figurent dans le dictionnaire des *Girouettes*, toutes les autres, après avoir célébré votre gloire, votre magnanimité, votre générosité, votre douceur, votre justice, et toutes les vertus cardinales et théologales réunies sous votre enveloppe sacrée, ont bien parlé avec vérité du frère du dernier des tyrans, mais ont gardé le plus religieux *tacet* depuis votre promenade militaire de Gap à Paris, où, pour se dérober aux feux du jour et à la chaleur des acclamations, Votre Majesté est modestement entrée *entre chiens et loups.*

Oui, Sire, c'est une justice à rendre à presque tous les illustres soutiens de la littérature en France, et à tous les goujats (2) de

---

(1) Les auteurs de la Parisienne, M. le chevalier Etienne ; de la Lyonnaise, M. Rousselin ; de la Dauphinaise, le sieur B.....; et celui de l'apologie du champ de mai, un vieil insulaire iroquois.

(2) Expression du Danois, chien couchant Malte-Brun.

cette même littérature, qu'aucun d'eux, depuis le Nestor *Ducis* jusqu'à M. Charles *Malo* d'innocente mémoire, aucun n'a faussé ses serments. Cette conduite serait digne des plus grands éloges, si elle en avait besoin pour être appréciée. Je puis ajouter, Sire, que plusieurs ont résisté aux offres les plus séduisantes.... Mais je m'écarte du but que je m'étais proposé en commençant cet article.

Oui, Sire, si le brevet d'imprimeur doit être donné à des personnes qui ont tout fait pour vous, il appartient aux sieurs Eymery et Charles, et non pas à ceux qui, pendant trois mois d'une absence cruelle, ont fait gémir leurs presses pour empoisonner l'esprit public par des couplets virulents, par la réfutation des opinions doucereuses du représentant du peuple Leguevel d'atroce mémoire, par la réponse à l'adresse du prince d'Eckmühl au nom de l'armée; et non pas à l'imprimeur qui a osé risquer sa fortune, son repos, sa vie, pour jeter dans les boutiques, placarder lui-même ses ordures. Oui, Sire, vos imprimeurs ne doivent point être autres que les sieurs Charles et Alexis Eymery. Ces messieurs valent bien celui de je ne sais quel roi qui, lâche au 18 fructidor, vil sous le directoire, rampant au 4 avril 1814, déserteur au 21 mars 1815, n'a rien imprimé pour lui, et pour provoquer son retour et la fuite des usurpateurs.

Le serf Coco.

A MON FRÈRE ET AMI

Le camarade Judas-le-Franc, secrétaire des commandements des fédérés.

Paris, le 1ᵉʳ juillet 1815.

Mon cher secrétaire,

Un de notre bande m'a informé ce matin que vous vous proposiez de faire un petit recueil de tout ce qu'on a dit, écrit et chanté sur notre doux maître, depuis les chefs-d'œuvres du grand-maître de l'université jusqu'aux platitudes d'Augustus; depuis les homélies de M. de Treneuil jusqu'aux chansons du joyeux chantre du *Terme d'un Règne.*

J'ai des matériaux que je puis mettre à votre disposition. Vous savez qu'entre frères de la grande famille tout est commun, même l'esprit. Je vous envoie donc ce que j'ai mis ou à peu près en ordre.

Voici comme je me trouve possesseur de toutes ces rapsodistes-rebuts : Vous savez bien qu'à la porte du bureau du journal *le Nain jaune*, son propriétaire M. *Lemaire*, rue des Francs-Bourgeois, a placé une tête de fer en relief, dont la bouche béante est destinée à recevoir tous les chiffons tant en vers qu'en prose, qu'il plaît aux passants d'y lancer pour couvrir la nudité du petit prince de l'île d'Elbe.

Vous savez que l'occiput de cette forte tête s'ouvre quand son cerveau creux est plein ; que c'est le garçon de bureau qui en a la clé ; que chaque jour ce garçon porte tout ce qui passe par la tête du satyre, au conseil du petit nain ; que ce conseil choisit, dans tous ces lambeaux, ceux qui vont le mieux à la taille du bambin, et que le reste est jeté dans un panier placé sous les tréteaux de la chambre du conseil ; que ces restes sont les profits du garçon de bureau ; que ce garçon de bureau me les vend à moi, un des locataires de la maison.

J'ai fait part à quelques amis du projet que j'avais de mettre en ordre tous ces petits lambeaux cabalistiques ; plusieurs d'entr'eux, animés par mon exemple, ont fait la même acquisition à des garçons de bureau d'autres journaux , et enfin c'est la collection de toutes les feuilles éparses et lacérées, pour la plupart, que je vous envoie.

Vous devinerez aisément pourquoi ces morceaux n'ont pas été imprimés dans les journaux auxquels ils étaient adressés. Que d'amours-propres heurtés, froissés, humiliés, etc. !

Faites-en l'usage que vous jugerez convenable, ou rendez-les à leur première destination.

Votre ami   FURET.

AU RÉDACTEUR DU JOURNAL
DE L'EMPIRE.

Un de mes amis me charge de vous envoyer l'article suivant , intitulé *Soufflet.* Si vous l'accueillez, il pourra vous en fournir d'autres.

SOUFFLET.

Coup de la main porté au visage. C'est dans les mœurs françaises la plus outrageante insulte , et qui ne se pardonne jamais. Le préjugé national est si fort à cet égard, qu'un homme qui a reçu un soufflet est flétri dans son *honneur*, s'il n'en tire pas une vengeance éclatante ; et si cet homme est décoré d'un ordre militaire, il ne peut plus se montrer en public après avoir reçu un *soufflet*. Aussi tout le monde est-il indigné de rencontrer, dans notre petite ville de Saint-Étienne-en-Forêt, un de nos concitoyens, qui se pavane avec la croix de la légion des braves. Il y a cependant une manufacture d'armes dans notre cité. Cet individu se dit membre de je ne sais quelle académie. Quel soufflet pour ses confrères ! Peut-être en lisant cet article, notre citoyen prendra le parti de se faire tuer ou d'ôter son ruban.

PIERRE FUSIL.

Paris, le 16 juin 1814.

A M. OURY, RÉDACTEUR EN CHEF DU JOURNAL DE PARIS.

Je vous adresse le quatrain suivant :

> Domitien, et Tibère et Néron,
> Vantez moins vos fureurs cruelles ;
> Dans ses excès, Napoléon
> A de bien loin surpassé ses modèles.

Vous frémirez quand vous saurez que la même plume a tracé l'impromptu suivant, à des de-

moiselles qui n'osaient s'avancer dans des bos-
quets du Petit Trianon, réservés à Sa Majesté
l'Impératrice Louise.

> Rassurez-vous, aimables sœurs,
> Ne craignez pas dans ce séjour champêtre,
> De fouler ces naissantes fleurs ;
> Sous les pas de Louise on les verra renaître.

Une bonne épigramme serait de citer les
deux pièces et de s'égayer des lettres initiales
du nom de l'auteur, P. V. Tout le monde re-
connaîtra P. Villiers.

P. S. Est-ce vous qu'on accuse dans le
Dictionnaire des Girouettes, d'avoir fait des
vers en l'honneur de l'assassinat de Louis XVI ?
Vos amis vous engagent à détromper vos
ennemis.

PHILOPHILE.

Paris, le 31 juillet 1815.

A M. LE MAIRE,

PROPRIÉTAIRE DU JOURNAL *le Nain Jaune*,
et à MM. LES RÉDACTEURS INVISIBLES.

Comme on a défiguré dans tous les recueils
le quatrain qui rime les dernières paroles de
M. La Motte, condamné à la peine capitale,

je vous prie de les rétablir , telles que je les ai arrangées. Elles figureraient avec avantage dans une feuille aussi patriotique que la vôtre.

> En allant à la mort, *Lamotte* sur la route ,
> Criait : Vive Napoléon !
> Ce trait est d'un chrétien sans doute,
> Tout brigand en mourant invoque son patron.

Je vous demande la même faveur pour le distique que j'ai composé , en lisant dans le *Journal de Paris* , la motion faite par le commandant du dixième régiment d'infanterie de ligne , de mener ses braves au feu l'arme sous le bras , en expiation de leur révolte en faveur du duc d'Angoulême.

> Quoi ! sans cartouche , ils vont au champ d'honneur ;
> Ils iront donc sans l'Empereur !

LA REVUE DES FÉDÉRÉS.

SIRE,

Voici la revue des Fédérés , que j'ai eu l'honneur de vous annoncer. L'auteur en me la confiant , pour la mettre sous les yeux de votre majesté , m'a ajouté modestement que ne l'ayant écrite que sous la dictée de notre frère et ami le général des Fêves, et de ses dignes amis, il ne souffrirait pas que je le déclarasse l'auteur de cette facétie, bien au-dessous de votre mérite.

JUDAS LE FRANC.

AIR : *Tenez-moi, je suis un bon homme.*

Viv' Dieu le salut de la France,
Vient se nicher dans nos faubourgs,
V'là la parade qui commence,
Quittons nos habits d'tous les jours;
On dit que j'sommes d'la canaille,
Jarni, j'nous en faisons honneur
Pourvu que j'faisions ben ripaille,
En gueulant vive l'Empereur.

En avant marchands d'allumettes,
Du trôn' vous êtes le soutien.
L'z héros qui vous met en goguettes
Veut qu'chacun souffre pour son bien.
Savetiers, quittez vos savattes;
Charbonniers, venez dans vos rangs,
Si l'sennemis tombent dans nos pattes,
J'répons qu'ils ne seront pas blancs.

Perruquiers, que ç'tardeur vous gagne,
En foul' courez vous enrôler,
Vous aurez dans cette campagne,
De fameux coups d'peigne à donner.

Marchands d'ti'sann' suivez la file ,
Et notre affaire ira tout d'go ;
Si l'grand Emp'reur d'vant vous défile,
Vous crierez tous : Eh ! v'là l'coco.

Vous qui cherchez des loqu's'à terre ,
Quittez vot' corbillard de chiens ,
D'vos chiffons fait' s'une bannière,
Suivez les marchands d'peaux d'lapins.
Mais renfoncez dans vos culottes ,
Le bout d'chemise qui vous pend ,
Qu'il n'soit pas dit qu'les patriotes
Ont arboré le drapeau blanc.

Nous n'souffrirons pas, qu'lon nous berne ,
J'somm's encore un' fois souverain ,
Chers amis , que l'cri d'la lanterne ,
Soit encor' not' plus doux refrain.
Croyons s'ti là qui nous gouverne ,
Le plus humain des Empereurs ,
C'est en pensant à la lanterne
Qu'il dit qu'nous s'rons les éclaireurs.

Nous n'craignons plus que les cosaques
Viennent ici mettre le feu ,
Je tomberons sur leurs casaques ,
Et jarni j'leur f'rons voir beau jeu.
S'ils pillent les Bonapartistes ,
Je n'uous tiendrons pas à l'écart.
Je pilleron's les Royalistes ,
Au moins chacun aura sa part.

AUX RÉDACTEURS DU NAIN JAUNE,

Le 27 avril 1815.

Il y a compensation à tout, nous dit M. Azaïs;
il a raison. La conduite de M. le chevalier
E......, de l'.......... f............, l'a prouvé
hier dans les coulisses du théâtre Français. Il
a rendu à mademoiselle B....... des lys le
soufflet que lui avait donné, dans les corridors
du théâtre Feydeau, M. O.......

On assure que mademoiselle B......., en
recevant son soufflet, a dit à l'académicien :
Si j'étais un homme, vous ne m'insulteriez
pas !...

Si vous croyez que mon article puisse re-
poser sous votre enveloppe jaune, vous obli-
gerez votre confrère

STEPHANOS.

UNE VÉRITÉ.

Quel honneur pour notre famille, disait Jé-
rôme à la mère la Joie ! Nous avons tous porté
le bonnet rouge, les talons rouges, le cordon
rouge. — Et probablement la chemise rouge,
répondit la mère la Joie.

NOTA. Voilà un échantillon des gentillesses

3

du misérable Nain blanc. Tous ces nains jaunes, blancs et verts, sont des géants en perfidie, en mensonge et en médisance.

(*Note du secrétaire responsable.*)

LE SIÉGE DE PARIS ET LA PARADE DES FÉDÉRÉS.

AIR : *mon père était pot.*

Voyez le grand Napoléon
Entouré de canaille,
Les former en gros bataillon,
Pour son jour de bataille;
Passant dans les rangs
De tous les brigands,
Dont son palais fourmille,
Il dit tout joyeux :
Peut-on être mieux
Qu'au sein de sa famille ?

Sait—on pourquoi Napoléon
Ne veut plus de la guerre;
C'est depuis qu'un Roi de renom
L'a renversé par terre,
Qu'il soit aux abois
Pour lui cette fois ;
Point de miséricorde,
Et l'un de ces jours
Tous ses jolis tours
Finiront par la corde.

Et s'il met si bien Saint-Chaumont,
A l'abri de la bombe,
C'est qu'il veut, ce maître fripon,
Qu'on respecte sa tombe.
La crainte qu'il a
D'être battu-là,
L'engage à se défendre ;
Car si par malheur,
Il n'est pas vainqueur,
C'est là qu'on doit le pendre.

S'il crève enfin sur le plateau,
Au milieu de sa bande,
On écrira sur son tombeau
Cette courte légende :
» Des brigands la fleur
» Est en bonne odeur,
» Au lac de la poudrette ;
» Passants, cet enclos
» Renferme les os
» Du père LA VIOLETTE.

A L'EMPEREUR,

Il est des petits rimailleurs pour qui rien n'est
sacré. Un d'eux, dont je vous déclinerai quelque jour le nom (car je n'ai que quelques fai-
bles données à ce sujet, et il ne faut pas attirer
sur la tête de Pierre ce qui appartient à Paul),

un petit rimailleur a osé faire imprimer, dans
je ne sais quel journal, le quatrain suivant:

Quel tems fut plus heureux que le tems où nous sommes !
Mais les humains toujours se plaignent du présent,
Nos bons rois tant vantés n'étaient qu'amis des hommes;
    Et Monseigneur en est l'amant.

Croiriez-vous que tout le monde assure que
le Monseigneur est un des premiers grands di-
gnitaires de votre auguste Empire? Si cela est,
c'est sur vous que retombera une grande partie
de l'insulte, puisque ce Monseigneur est de
votre fabrique. L'auteur du quatrain mérite
qu'on l'engage à être plus circonspect. Quel
homme n'a pas ses faiblesses ! Ceux que l'an-
tiquité a le plus célébrés, n'étaient-il pas les
amants des hommes ? Témoins le premier des
Césars, le divin Socrate, Nicomède, Adrien,
et tant d'autres illustres Grecs. Quoi! l'on ose
appeler *commerce honteux*, ce qui n'est que
protection, appui, donné à la jeunesse inex-
périmentée. J'en appèle à grand nombre de
jeunes gens dont son altesse a fait la fortune,
en les couvrant de ses ailes, en assurant leurs
premiers pas dans le monde. Ce quatrain est
donc une calomnie sans nul fondement; et il
doit être méprisé comme le suivant, qu'on dit

du même auteur, applicable à la même séré-
nissime personne.

> De cordons son habit foisonne,
> Pour l'ennoblir, soins superflus ;
> Chaque dignité qu'on lui donne,
> Est un ridicule de plus.

Si son altesse avait besoin de justification,
son *ardent amour* pour Mademoiselle C.....,
du théâtre des Variétés, ne laisserait rien à
désirer. Peut-on aimer autre chose, après avoir
conquis le cœur du modèle des grâces, de
la coquetterie, du désintéressement et de la
fidélité ?

P. S. En apprenant que Votre Majesté allait habiter le château de plaisance de l'île de
Sainte-Hélène, si fertile en *rats*, un homme,
qui ne plaisante jamais, a dit, que, par le moyen
de la conscription, vous dépeupleriez bientôt
la génération présente et future de cette espèce
vorace.

————

A M. MICHAULT,

RÉDACTEUR DE LA *Gazette de France.*

6 juin 1814.

Je sais, Monsieur, que dans ce moment un
grand nombre de personnes du Conservatoire

se ligue contre moi, pour attirer sur ma personne et cet établissement, l'attention et la sé-
vérité du Gouvernement. Je connais mes ennemis les plus acharnés ; et, comme cela ar-
rive toujours, ce sont ceux que j'ai comblés de
mes bienfaits. Déjà M. B......., non content
d'avoir fait imprimer un tissu de mensonges
contre moi, a fait insérer un article violent
dans un journal bien digne de son titre, *les
Rapsodies*. Je méprise tout cela. Je sais qu'un
autre professeur, attaché par mes bontés au
Conservatoire, a remis à M. de Blacas un mémoire, où il prouve que j'ai souvent commandé
des musiciens pour aller sous les échafauds révolutionnaires jouer des symphonies, pour
charmer les derniers moments de plus d'une
auguste victime ; que moi-même j'ai crié *bravo*
quand le glaive a frappé !!! Je m'arrête. Mon
sang remonte vers mon cœur. Je vous prie
d'annoncer que j'ai attaqué en calomnie tous
ces fourbes, ces médisants, qui veulent ramener
les temps de proscription et d'assassinats ju-
ridiques.

Je me confie dans la bonté du Roi, que
j'aime autant que Buonaparte.

J'ai l'honneur d'être, ect.

N. MM. les Fédérés m'ayant demandé qui

rédigeait les *Rapsodies* , je n'ai pas balancé à dire Villiers, qui , pour ses hauts faits, a été déporté à Cayenne , au 18 fructidor. Tôt ou tard justice se fait.

SUR LE TABLEAU DE L'ENLEVÈMENT DES SABINES.

En habillant, *in naturalibus* ,
Et *Tatius* et *Romulus* ,
Et de jeunes beautés sans fichus et sans cottes ,
David ne nous apprend que ce que l'on savait :
Depuis long temps chacun le proclamait
Le Raphaël des sans-culottes.

A M. CHAZET,

L'UN DES RÉDACTEURS DE LA *Quotidienne*.

La manière piquante avec laquelle vous avez parlé de la scène scandaleuse , que la conduite d'un acteur de la Gaîté avait provoquée , et les *sifflets* qui ont averti ce petit niais de borner sa mission à apprendre ses rôles et à ne se servir que d'un sabre de bois , m'a fait faire des recherches sur les *sifflets*. Voilà ce que j'ai découvert :

Siffler une pièce, un acteur, c'est les huer

tout haut ; c'est en marquer par des siffle-ments les endroits dignes de mépris et de risée.

Si tels ou tels de notre connaissance croyent que ce sont leurs plates productions qui ont été honorées des premiers coups de *sifflet*, ils se trompent. Je vais vous le prouver. Le *sifflet* n'est pas d'invention moderne. MM. Malte-Brun , Malo, Charrin, Aignan , Varrin , etc. sont priés de le croire. On en a sifflé bien d'autres avant eux ; car il y avait avant eux des mauvais poètes, des mauvais prosateurs et des mauvais chansonniers. Ces Messieurs pouvaient sans doute donner naissance à l'art de siffler, mais enfin ils n'ont pas eu cet honneur. Avant eux , il y a eu des auteurs qui voulurent bien s'exposer aux décisions de tout un monde rassemblé dans un même lieu. Quoique notre siècle se pique de devoir juger sainement les pièces de théâtre , qui méritent les applaudissements et les sifflets, je puis vous assurer que les Athéniens s'y entendaient encore mieux que nous.

Comme ils l'emportaient sur tous les autres peuples de la Grèce , par la finesse et la délicatesse du goût , ils étaient aussi les plus malaisés à satisfaire.

Lorsque dans les spectacles quelque endroit n'était pas à leur gré, ils ne se contentaient pas, comme nous, de *siffler* avec la bouche : plusieurs, pour mieux se faire entendre, portaient avec eux des instruments propres à ce dessein. La plupart même, autant qu'on en peut juger par quelques passages des anciens auteurs, employaient de ces sifflets de bergers, dont parle Virgile.

Est mihi disparibus septem compacta cicutis
Fistula.

Convenez avec moi que ces instruments ne seraient pas déplacés pour *siffler* quelques productions de nos plus fortes *girouettes* et les couplets de quelques militaires, convives de nos soupers de Momus, etc.

Vous savez qu'il y a quelques années, nos amis, *Dieu-la-Foi* et *Gersain*, ne rougirent pas, *dit-on*, de *siffler* eux-mêmes et de faire *siffler* les Vaudevilles de Moreau et compagnie. Eh bien, mon cher chevalier, un certain Chérille, aussi envieux que nos aimables amis, payait aussi des *sifflets* pour accompagner les joyeux refrains de ses collègues ; et comme nos amis, *dit-on*, ce Chérille était un lâche à qui on fit *signer* je ne sais quoi. Les histoires du temps, qui étaient nos journaux d'à-présent, en ont parlé. Vous voyez qu'il y a mille ans que les gens de lettres ne se respectaient pas plus, ne s'estimaient pas plus qu'ils ne le font à présent. L'envie expire, jamais les envieux.

Mon intention, en commençant ma lettre, était de vous parler aussi des acteurs *sifflables*, et la liste aurait été longue, à commencer par les grands théâtres jusqu'aux tréteaux des boulevards. Mais je ne veux point m'attirer une mauvaise affaire sur les bras. Je puis bien rire de la rapière des grenadiers du théâtre Français. M. Cartigni, en sa qualité d'ancien chevau-léger de la garde du ci-devant roi de Westphalie, doit être aussi brave homme que bon valet; et je connais les principes fermes et droits de M. Firmin. Mais qui oserait parler de M. Basnage, du théâtre de la Gaîté, quand, *moi*, je lui ai entendu dire qu'il ferait justice du premier comme du dernier des royalistes? et vous savez quelle justice ces Messieurs font; ils vous égorgent un homme ni plus ni moins qu'une mauviette. Ainsi, mon cher chevalier, n'insérez dans votre pain quotidien que ce qui regarde les auteurs *sifflés* ou à *siffler*.

Ils ne sont peut-être pas moins à redouter,

témoin votre large blessure, qui a saigné le cœur de tous ceux qui vous aiment, *et infinitus est numerus*, comme il appert par la liste de présentation que tenait exactement votre garde-malade, rue Saint-Thomas-du-Louvre, et que vous avez sans doute conservée religieusement comme un titre sacré à l'estime publique. Car c'est dans la douleur qu'on reconnaît ses vrais amis, et nous tremblions tous alors pour vos jours.

Vivez encore pour aimer notre *paire* de Gand. Que vous ayiez ou non fait la chanson, pour nous faire de jolis calembours, des couplets comme ceux à l'honneur du sauveur de la France et du petit fils du Béarnais, méprisez les girouettes et leurs historiogriphes en bonnet rouge et à plume de canne. On a pu chanter le Corse, puis Louis XVIII; mais si on n'a pas rechanté le Corse, on n'est pas plus girouette que vous et moi.

Je vous salue de cœur,

Le Chevalier DE RISVILLE.

Car je le suis aussi comme vous.

P. S. Le bon *Gallais* travaille-t-il toujours à pétrir le pain quotidien? Est-il vrai qu'il ait été moine et qu'il soit en ménage? Cela est faux, n'est-il pas vrai? Un honnête homme ne peut être apostat.

Continuez à m'envoyer votre pain quotidien ; mais priez vos *gindres* d'y mettre moins de levain.

Nouveau salut de cœur.

Versailles, le 18 juillet 1815.

P. S. A propos de *sifflets*, voici un couplet d'un de nos amis, qui ne vous aime guère, sur l'air du Vaudeville de Claudine :

> D...... lança dans la ville,
> Plus d'un roman qu'on *siffla* ;
> En rimant un vaudeville,
> Mons D..... se consola ;
> On *siffla* ses hémistiches,
> Lors, il prit un autre essor ;
> Si l'on *sifflait* les affiches,
> On le *sifflerait* encor.

Ce couplet n'est pas neuf, mais les bonnes choses ne vieillissent pas.

AU RÉDACTEUR DE L'INDÉPENDANT.

Au lieu de vous tourmenter pour donner à vos lecteurs des articles dans lesquels vous ne faites preuve ni d'érudition, ni de bon goût, ni de politesse; eh, Monsieur, copiez-nous tout bonnement quelques passages du Télémaque. Généralisez vos idées de vengeance, de haine, de proscription. Au lieu de vous ériger en délateur, signalez en masse les conspirateurs, les meneurs, les agitateurs; au lieu de les désigner nominativement, appelez sur les méchants la vengeance des lois! Le rôle que vous jouez est indigne, tout à-la-fois, d'un littérateur et d'un honnète homme; vous êtes en révolte ouverte avec le bon sens, l'honnèteté et la délicatesse.

La révolte, dit Fénélon, est le soulèvement du peuple contre le souverain.

Le Monarque contient ses sujets dans le devoir, en se faisant aimer. On ne relàchera rien de son autorité, en punissant les *grands coupables*; en procurant aux enfants une éducation bonne, sage, douce; en maintenant parmi les gens de guerre une exacte discipline. Les peuples ainsi traités seront fidèles à leurs princes, et repousseront les furieux, les ambitieux, qui chercheraient à se soulever contre l'autorité.

Si vous croyez que cet article puisse figurer dans votre journal, disposez-en.

P. S. B. D.

QUATRAIN,

SUR M. MALTE-BRUN.

De toutes les couleurs prompt à se revêtir,
D'un vrai caméléon il a le caractère ;
De toutes les couleurs ? Ah ! comme on exagére !
Je ne l'ai jamais vu rougir.

J'ai *lu*, je ne sais où, que ce Malte-Brun a fait une sortie virulente contre le prince royal de Suède. J'ai *lu* qu'il répondit à quelqu'un qui lui disait que si le prince venait à Paris il lui couperait les oreilles : Bah ! je ferai un article pour lui.

Ce Monsieur, qui traite tout le monde de *goujat*, est, dit-on, l'auteur de l'Apologie de Louis XVIII. Jamais ce roi n'aura besoin d'apologie ; son éloge est dans ses actions.

M. Malte-Brun l'apologiste de Louis XVIII !

L'apologie de Louis XVIII est aussi ridicule que le fut, il y a dix ans, le *Mémoire en faveur de Dieu*, que fit M. Delille de Sales.

Ce Mémoire me rappèle le rapport religieux et le sacré décret de la bienheureuse Convention, qui donnait à Dieu un certificat d'existence et à l'âme un brevet d'immortalité.

AU RÉDACTEUR DU JOURNAL, QUI DIT QUE LA DERNIÈRE CHAMBRE DES REPRÉSENTANS ÉTAIT L'ASSEMBLÉE PAR EXCELLENCE.

Les représentants d'une nation sont des citoyens choisis , et chargés par la société de parler en son nom , de stipuler ses intérêts , d'empêcher qu'on ne l'opprime, et de concourir à l'administration des affaires d'état.

Eh bien , Messieurs , en connaissez-vous beaucoup qui remplissent dignement leur honorable et importante mission ? Pour un ou deux membres de la chambre des pairs et des représentants, qui stipulent pour l'honneur de la nation et du trône, combien en est-il dont le nom seul est un opprobre ! qui, au lieu d'empêcher l'oppression , votent des remercîments à l'oppresseur ! et qui à l'instant même où , comme un lâche brigand, Napoléon se *sauve* à travers des flots de sang répandus pour lui et par lui , osent demander qu'il soit proclamé le *Sauveur* de la France !

En connaissez-vous beaucoup qui, au lieu de s'occuper des affaires d'état, ne songent pas uniquement à faire les leurs ?

Au lieu de représentans instruits , probes , versés dans le droit public , nous n'avons que de subtils ergoteurs, des hommes chargés du mépris public..... ou des soldats conquérants, assis sur les ruines de la nation subjuguée, réduite à l'impuissance, à l'esclavage, et qui, après l'avoir soumise par les armes, se sont subrogés à sa place. Ils croyent guérir les plaies de l'État, ils les empoisonnent ; et nous forcent à dire comme l'empereur Adrien, *la multitude des médecins m'a tué.* Voltaire, en parlant des États-Généraux, avait raison de dire :

Et de tous ces états l'effet le plus commun ,
Fut de voir tous nos maux sans en guérir aucun.

———————

Sauve qui peut! ou *les Campagnes memorables ;* paroles de M. Georges Duval, musique de M. A. Piccini, pianiste de S. M. Louis XVIII et de Madame la duchesse d'Angoulême ; ou bien sur l'air : *On n'aime bien que la première fois.*

D'un conquérant, cher, bien cher à la France;
Je viens ici raconter les exploits,
Et célébrer sa valeur, sa prudence,
Pour la première et la dernière fois.

Près du Memphis porté par son courage,
Il fut vainqueur presque durant un mois.
Puis ses lauriers reçurent quelqu'outrage ,
Il se sauva.... pour la première fois.

Aux champs fleuris de l'antique Ibérie ,
Il va porter ses armes et ses lois;
Forcé bientôt de quitter la partie,
Il se sauva.... pour la deuxième fois.

Son aigle affreuse, au carnage animée ,
Vole embraser les villes et les bois ;
Mais l'aquilon dévorant son armée,
Il se sauva.... pour la troisième fois.

Chez les Saxons, il poursuit la victoire ;
Elle était près d'accourir à sa voix :
Un pont s'écroule ; hélas ! adieu la gloire.
Il se sauva..... la quatrième fois.

Vers la Belgique , un matin il s'avance :
Le soir a vu terminer ses exploits ,
Et le héros, guidé par la prudence,
Se sauve encor.... pour la cinquième fois.

Paris entier, ravi de sa vaillance ,
Pour l'applaudir n'eut vraiment qu'une voix ;
Ce jour , enfin , il a sauvé la France ,
En se sauvant pour la dernière fois.

Voici, illustre Thémistocle , un historien
tel que Votre Majesté aurait toujours dû les
choisir. Ce ne sont pas des phrases *amphi-*

bouriques, des figures de réthorique bien préparées, bien amenées, pour vous mettre modestement au-dessus des Marc-Aurèle et des Trajan : M. de Fontanes vous dirait que vous êtes le cèdre des Trônes, comme les autres rois en sont l'hissope. Le sieur La Chaize, préfet du département du Pas-de-Calais, publierait ces belles phrases : Après avoir créé Napoléon le Grand, Dieu se reposa. M. Garnier, votre procureur de la Cour des comptes, imprimerait : La tige des Napoléon est dans toute sa force et sa gloire. La *race des Bourbons est dégénérée*. Enfin cent mille personnes vous prodigueraient les épithètes les plus mensongères, vous voleraient l'argent que vous leur prodiguez, et vous leur donneriez encore et toujours des places.

Ah! que vous devriez beaucoup mieux récompenser l'auteur, qui, dans un petit cadre de sept couplets, a retracé, d'une main assurée, les principaux, les seuls grands, les seuls incontestables évènements, les véritables époques de votre glorieux règne !

L'auteur est un sieur Georges Duval, pauvre commis à quinze cents francs, et vos historiogriphes, et vos prôneurs, et tous vos plats valets, à commencer par vos altesses, vos comtes, jusqu'à vos piqueurs, sont gorgés de richesses. Je recommande M. Georges Duval à votre caissier des menus plaisirs, car ceux que vous trouvez à obliger ne sont pas grands.

Ce Duval est aussi l'auteur d'une jolie comédie, jouée dans les déserts de l'Odéon, sous le titre d'une Journée à Versailles. Ce Duval Georges n'a pas toujours parlé des amis de Votre Majesté, avec toute la révérence possible. Il a composé, dit-on, une épigramme contre un de nos plus braves fédérés de la petite rue de Reuilli, le frère et ami Petitsot, de doux souvenir, de ce Petitsot, qui, reprochant un jour au chevalier Dupuis des Islets, qu'il avait une mauvaise tète, se vit ainsi riposter : *Je n'ai jamais porté que la mienne.* C'est fier, mais c'est vrai.

Ce Petitsot, notre frère et ami, maltraité par un petit publicain, appèle sur la tête du coupable la justice de votre redoutable épée. Récompensez l'historien, mais le faiseur d'épigramme, punissez-le. Son action noire est connue de tous nos amis ; elle a indigné notre camarade Bourgoin, le digne, le zélé soutien du patriotisme de Petitsot, le successeur de l'immortel abbé de Lille !!!! Bourgoin et

Petitsot, voilà ce qu'on peut appeler la BELLE ALLIANCE. Mais il faut pourtant citer l'épigramme géorgienne sur la veuve du Virgile moderne et de son héritier.

> Reine en son lit, reine en son bouge ;
> Elle fait mouvoir à son gré
> Son époux en bonnet carré,
> Et son amant en bonnet rouge.
> Grand Dieu quel saut ! c'est *Mévius*,
> Faisant c . . u *Virgilius*.

L'épigramme est une infâme production. On devrait toujours respecter la femme d'un grand homme, quoique souvent elle ne se respecte pas elle-même : témoin la fille Levasseur, veuve J. Jacques, qui épousa un palfrenier.

J'aime mieux l'épigramme suivante sur le même Petitsot. Elle est de son rival en bucolique, le marquis de Langeac.

> Petitsot, le rébarbatif,
> A tous les crimes idoine,
> Et son Apollon chétif
> Est mis au superlatif ;
> C'est décisif.
> Petit Scévola,
> Du faubourg Saint-Antoine,
> D'un saut te voilà
> Corydon lauréat
> A la Garat.

Je crois que *crime* est calomnie et *idoine*
pour la rime. Votre Majesté jugera le tout
mieux que son serviteur CARILLON.

VERS

Sur le héros du Nain Jaune.

FRANCE, de ton tyran orne ainsi le tombeau.
Sur la mauvaise foi fonde son mausolée :
Qu'il s'élève au-dessus armé du noir flambeau
    Dont il brûla l'Europe désolée :
Que pour vertus au coin d'un cercueil de sang teint
Le Désespoir , la Mort, la Disette , la Faim ,
Y voilent leur pâleur de lambeaux funéraires ;
Qu'avec la volupté les amours adultères ,
S'empressent d'y graver ses crimes sur l'airain,
Et que la haine y trace en hideux caractères :
    Ci-gît l'horreur du genre humain.

ORDRE DU JOUR.

Depuis l'ordre du jour des Alliés, en date
du 2 juillet, les ponts qui communiquent
sur la rive gauche de la Seine sont moins fré-
quentés, puisqu'il faut que tout homme décoré
d'un ordre militaire ou civil, justifie , à l'hôtel
Labrife, des titres qui lui ont valu cet honneur,

Cette mesure doit faire pâlir tel ou tel crou-
pier de jeux, tel ou tel coiffeur enrichi dans
les modes et par des banqueroutes, tel ou tel
membre de la bande noire, tel ou tel Sygis-
bé, etc., tous bien plats, bien insolents, qui
ont cru que l'on pouvait acheter l'honneur
comme on achète les honneurs. Croix de la
légion d'honneur, croix de Saint-Louis, comme
on vous a profanées, avilies, vendues! Quand
on rencontre un tas de valets, de septem-
briseurs, décorés de la croix des braves, de la
croix du mérite militaire, on est tenté de
nommer ceux qui en ont trafiqué.

Un des statuts de l'ordre porte, que la croix
de Saint-Louis ne doit être donnée qu'à des
militaires en *activité*. Or, si l'on appèle activité l'activité que cinq cents chevaliers d'in-
dustrie ont mise à tromper, pendant vingt-cinq
ans, la foi publique, à se faire les soutiens des
tripots et des maisons publiques, à faire d'in-
dignes métiers, ces Messieurs n'ont cessé
d'être en pleine *activité*.

ANECDOTE.

Lors de l'installation des membres de la
dernière chambre des représentants, on pro-

posa de placer, sur le haut du palais Bourbon, les uns un moulin à vent, les autres une girouette, ceux-ci un drapeau rouge, et le public des tribunes une potence. En entendant les vociférations de MM. Lepelletier, Barrère, Leguevel et autres misérables, les tribunes avaient bien deviné que ces messieurs étaient des gens à pendre.

MADRIGAL.

On a fait sur les assemblées du champ de mai, tenues au mois de juin, le quatrain suivant :

Les représentants patriotes
Sont occupés en même tems ;
Les électeurs à dépouiller les votes,
Et les fédérés les votans.

DES ROMAINS.

Les Romains avaient élévé un temple à l'Ambition. Ils lui devaient bien cette marque de reconnaissance. Ils la représentaient avec des ailes et les *pieds nus*. C'est peut-être pour cela que la plupart des favoris de la déesse sont des *va-nu-pieds*.

VERS,

Tirés du Traité de l'Immortalité de l'Ame ;

PAR THÉOPHILE, surnommé VIAUD.

Les âmes de sang enivrées,
Toutes noires de trahison,
Ont le tartare pour prison,
Et n'en sont jamais délivrées.
Là, sont mis les *tueurs de rois,*
Comme ceux qui, jusqu'aux abois,
N'ont aimé que le sacrilége :
Et pour les tirer de ce lieu,
La miséricorde de Dieu
N'a pas assez de privilége.

AU MODERNE THÉMISTOCLE.

En vérité, il est des gens qui, par leur conduite, se sont persuadé, et voudraient nous
faire croire, que Votre Majesté ne reprendrait
jamais les rènes de son auguste empire. Ces
misérables ne savent donc pas que notre frère
et ami le chevalier Barrère de Vieux-Sac a
dit : *Il n'y a que les morts qui ne revienent
pas.* Ils regardent votre *pétalisme* comme une
mort réelle, tandis que ce n'est qu'un nouveau

trait de l'ingratitude du peuple envers son plus illustre comme son plus brave général, et qui sert à rehausser encore, s'il se peut, l'éclat de sa modération, de sa sensible humanité. Les perfides ! ils ne savent donc pas que si du haut des rochers de l'Ile d'Elbe, vous avez entendu les plaintes de vos fidèles sujets, opprimés sous le despotisme de cette race des Rois *de la canaille*; que si vous avez pu, comme un vautour, venir fondre encore une fois sur la France ; que si vous avez su, en cinq heures de temps, faire disparaître une génération de braves, et vous conserver prudemment pour en faire exterminer une autre, vous pouvez encore vous élancer de la roche de Sainte-Hélène, pour mettre le feu à toute la France et la purifier par les flammes du crime d'avoir banni son sauveur.

En vérité, Sire, la fureur de vous détester bien cordialement semble s'être emparée de toutes les classes de la société. Il serait difficile de vous trouver un partisan, je ne dis pas honnête homme (depuis votre guerre d'Espagne vous n'en pouviez plus compter), mais un ami de bonne foi. Ceux que l'on soupçonne de vous être encore attachés sont l'objet de la risée publique, n'importe dans quelle classe

ils se trouvent. En voulez-vous un exemple ?
Dans un accès de délire, on a osé siffler un
comédien, parce qu'il avait porté des bouquets
de violettes, quelques jours avant votre arrivée ;
parce qu'il avait retrouvé toutes les cordes de
sa voix, pour faire entendre, au théâtre Français et ailleurs, un impromptu préparé la veille,
avec cette force, cette énergie qu'il déploye
dans ses rôles de traître, les hymnes composés
en votre honneur par un homme que, certes,
on n'appèlera pas girouette, car il a toujours été
constamment impertinent, faux, lâche et rampant ; parce que, le 30 mars 1814, il n'a pas
voulu, comme ses camarades, exposer ses
jours si précieux contre le feu des ennemis.

Croiriez-vous, Sire, qu'on pousse l'animo-
sité jusqu'à lui refuser une âme sensible ? . . .
. . . .
. . . .
. . . .
. . . . on veut que *Siméon*
abandonne votre cause et ses pensions !

Un frère est un ami donné par la nature.

D'accord, mais si ce frère . . . .
. . . .

. . . .
. . . .

. . . . . . Non , en dépit des épigrammes de
M. Martainville et de tous les autres journalistes *de gente ardelionum* , il faut être fidèle
à votre cause , et gagner des pensions.

Pour *Fleury* , ah ! je le livre à tous les sifflets. Qui ne connaît pas sa conduite dans tous
les temps ? N'avait-il pas réussi par son esprit ,
par la politesse de ses manières , par son ton
de bonne compagnie, a faire totalement disparaître , oublier en sa faveur les sots préjugés ,
les religieuses préventions élevées contre l'état
de comédien ? Ne l'a-t-on pas vu , depuis son
enfance, élevé sur les genoux des gens de cour
les plus recommandables ? Ne l'a-t-on pas vu
être de toutes les parties de Versailles ? les
plus braves des jannissaires du dernier des
tyrans ne lui ont-ils pas donné, au champ d'honneur , un brevet de brave ? Ne s'avise-t-il pas
d'être bon père, ami fidèle ; homme généreux !
N'a-t-il pas osé résister à toute espèce de sé-
duction , pour grossir le nombre de quelques-
uns de ses camarades, dont les noms sont écrits
en caractère de feu, à côté de nos anciens
amis des comités révolutionnaires ? Tout le
monde ne brigue-t-il pas l'avantage d'être son

ami ? Avec tout son talent, n'a-t-il pas la fai-
blesse de ne vouloir être que l'égal de ses camarades , quand il a tout ce qu'il faut pour
exercer sur eux le despotisme le plus vrai ?
Sire , j'étais à la représentation , où on avait
monté une cabale contre lui ; eh bien ! excepté
un ou deux de vos partisans, qui ont seuls eu
le courage de faire justice de cet histrion , le
reste, composé sans doute d'honnête canaille
que cet homme ensorcèle , n'ont point voulu
prendre part à la fête qu'on lui préparait !!!

Je vous parlerai une autre fois de *Manlius*
et de la coquette Araminte.

J'ai l'honneur d'être, comme de coutume,

JUDAS LE FRANC.

IMPROMPTU,

Après une représentation à l'Opéra, que Louis-
le-Désiré avait honorée de sa présence.

Libres transports, élans impétueux,
Larmes qui baignez tous les yeux ;
Et qu'un prince adoré savoure avec délice ;
Brûlante effusion de nos cœurs satisfaits,
Non, vous ne coûtez rien à l'amour des Français,
Et surtout rien à la Police.

AU RÉDACTEUR DU MONITEUR.

Votre journal comptant pour ses abonnés presque tous les fonctionnaires publics, et les principaux personnages de France, de l'Europe et du monde, je vous engage, au nom de l'intérêt commun, à imprimer dans votre numéro de demain (1er août), le paragraphe suivant, extrait du n° 334 du Journal général de France.

Voici comme on avertit le Gouvernement de ce qu'il doit faire pour rassurer les bons et abattre les méchants :

« Sur dix-neuf personnes mises en jugement en vertu de l'ordonnance du Roi, une seule a été arrêtée; c'est, comme nous l'avons annoncé, M. de Lavalette, ancien directeur des postes ; les autres.....

» Pendant l'interrègne, sous le gouvernement impérial, qu'on appelait un gouvernement fort, cent douze individus ont été traduits en jugement, non pas comme fauteurs ou complices d'une conspiration, mais chacun d'eux isolément, pour des opinions manifestées avec trop peu de prudence, pour avoir répété des nouvelles alors prétendues fausses, pour avoir distribué quelques bro-

(62)

chures, quelques pamphlets. Ils ont été incarcérés à la minute, et ils le seraient encore si la défaite de Buonaparte, si sa cinquième fuite du théâtre de la guerre, si son abdication, n'avaient rendu ridicule la suite du procès qu'on leur avait intenté. Il s'agit aujourd'hui d'une conspiration qui a désorganisé et bouleversé la France; il s'agit d'un attentat contre la majesté royale, contre le Roi, contre sa famille, contre la tranquillité publique, et les prévenus sont hors des atteintes de la justice. Pardonner à des condamnés est une des prérogatives de la royauté; mais laisser fuir des hommes prévenus de conspiration est un autre genre de délit contre la sûreté de l'état, qui compromet au moins la responsabilité de ceux qui ont accepté la mission de prévoir et de surveiller. »

LE CONSCRIT PLEIN D'ARDEUR.

AIR : *Je reviens de la guerre.*

J'entens queuq' conscrits dire,
 J'm'en fiche,
Cheux nous, c'est d'main qu'on tire,
 J'm'en fiche;

Mais pour moi, j's'rais un fier menteur,
Si j'vous disais, non, je n'ai pas peur,
    Et j'm'en fiche.

J'suis né dans un village,
    J'm'en fiche,
El'vé dans l'labourage,
    Et j'm'en fiche,
Vaut ben mieux cultiver ses champs,
Qu'ravager ceux des pauvres gens,
    Et j'm'en fiche.

L'Emp'reur m'f'ra six sous d'rente,
    J'm'en fiche,
Et s'il veut, j'l'en exempte,
    J'm'en fiche ;
J'ai dieu merci du pain cheux nous,
Et j'nai pas besoin d'ses six sous,
    Et j'm'en fiche.

J'suis, dit-on, d'une bel'taille,
    J'm'en fiche ,
Surtout l'jour d'une bataille ,
    J'm'en fiche ;
Au feu , si faut marcher l'premier,
Au diable l'bonnet d'grenadier,
    Et j'm'en fiche.

Et ut! pour la victoire,
    J'm'en fiche,
J'ai soupé, pour la gloire,
    J'm'en fiche ;

A quoi des lauriers m's'raient-ils bons,
  Je n'les aim'que sur les jambons,
    Et j'm'en fiche.

J'puis d'officier d'guérite,
    J'm'en fiche,
M'él'ver par mon mérite,
    J'm'en fiche;
D'être estropié, si j'ai l'bonheur,
On m'donn'ra p'têt' la croix d'honneur,
    Et j'men fiche.

Quoiq'ça soit honorable,
    J'm'en fiche,
Un membre est préférable,
    J'm'en fiche;
Si j'perds une jamb' ou ben un bras,
Un bout d'ruban, n'm' les rendra pas,
    Et j'm'en fiche.

Si jamais j'prends les armes,
    J'm'en fiche,
Ç'a s'ra grâce aux gendarmes,
    J'm'en fiche,
Si j'marche à l'immortalité,
J'irai du moins bien garotté,
    Et j'm'en fiche.

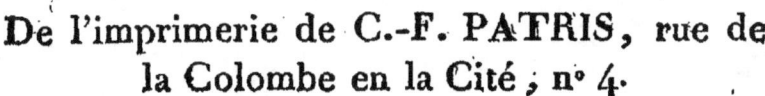

De l'imprimerie de C.-F. PATRIS, rue de
la Colombe en la Cité ; n° 4.